무아의 턴
turn

무아의 turn 턴

조남현

첫번째

시   집

borim
도서출판 snp

작가노트

턴이란?
내 인생의 턴이다
더 이상 세월에 이끌려 갈 수 없다
내 인생은 나의 것이다
내 인생에 나를 찾아 떠나는 긴 여행...
내 삶의 시작이요 또한 내 삶의 반란이다
다시 시작이다
끌려가는 인생은 끝이다
턴은 창조적인 새삶의 시작이다
내 인생에 유턴은 뉴턴이다

인생60년에 나는 나에게
턴이란 새삶을 선물했다
그것은 내 인생의 탄생이다
내 삶의 신세계가 열렸다
그 길은 내가 선택한 길이다
내 인생에 유턴은 뉴턴이다
턴은 새로운 삶의 시작이다

무아 **조남현**

편집의 변辯

무아 조남현 예술의 일탈逸脫

2018년 11월 이종식 시인의 소개로 만난 그녀는 우리들 이장 이기운, 가수 현승엽, 짝퉁사익 류재호, 그리고 나 다섯에 비해 한창 젊기도 하지만 여왕벌인양 우리는 숫벌되어 그녀가 품고 있는 에너지에 흡입? 된듯 너무 강렬하여 나는 아예 애초에 관심을 두지는 않았다.

짧은 시간에 친숙해진 그녀는 우리의 애경사哀慶事에 적극 참여 하였고 다섯 머스마들을 휘두르며 함께 하였다. 물론 후에 알았지만 엄청 많은 숫벌들이 소리도 없이 그녀 주위에서 날고 있고 지금도 여전하다는 것을 보고 느끼고 있다.

시를 쓰는 나로서는 그림과 춤보다는 시에 관심있는 것은 당연할 게다. 눈치도 없는 나는 그녀에게 종종 살만 보들보들하고 뼈가 없다느니 하며 사람들 앞에서 타박을 하곤 했지만, 화를 낼만도 한데 그녀는 담담하였다.

그녀는 모더니즘을 넘어선 포스트 모더니즘을 스스로 터득한 듯 다양한 끼로 당당할 뿐이다. 특히 베샤메무쵸에 맞추어 춤을 추는 모습은 황당荒唐하기 보다는 특이한 포스와 스텝으로 우주를 줏어담는 신비로움에 쌓여간다. 무한대의 우주 중심에 서서 우주를 거머쥔다고 할까 그리 표현하고 싶다.

코로나에도 겁도 없이 공연요청이 오면 무대를 가늠하고 서슴없이 달려가는 뱃심에 박수를 보내곤 한다. 그러한 것들은 화폭에서도 시詩에서도 뼈다귀가 떡잎을 지나 곧 피어오르려 성장하는 소리를 듣게 된다.

결국 그녀의 시詩와 화폭과 몸놀림에서 세인들이 쉬이 접하지 못할 저 높은 하늘에서 내리는 은총恩寵을 불러내기 시작하는 그녀에게 그동안 정리해 놓은 시에 대해 편집을 자처自處하게 되었다.

2021년 9월 28일

한톨 김중열 쓰다.

목 차

삶 11 / 우주 속에 나 12 / 사랑하라! 13 / 산다는 건 14

님의 침묵 15 / 여자는 1 16 / 여자는 꽃이다 17 / 여자는 2 18

나의 하루 19 / 창작사냥 21 / 벗이란? 1 22 / 벗이란? 2 23

행복 24 / 행복한 사람 25 / 겨울비야 26 / 대화의 맛 27

내일 28 / 꿀잠 29 / 말 30 / 세상 구경 31

내가 행복한 이유 32 / 먼지가 되어 33 / 천국 34

편안한 마음 35 / 꽃을 든 여인 37 / 파아란 희망 38

어느 기분 좋은 봄날에 39 / 보물섬 40 / 북한산 41

신선의 친구되어 42 / 허허허와 기막힌 미소 43

북한산의 봄맞이 44 / 봄비! 45 / 달리다 지나쳤어 46

꿈 47 / 통증 48 / 우아한 삶 49 / 영혼없는 예술가 50

노천 해수탕에서 53 / 북한산의 봄 54 / 낮달 55

님 없는 봄날은 56 / 어둠 속에서 57 / 사랑이란? 58

방관자 59 / 자연사 60 / 봄맞이 61 / 꿈꾸는 노시인 63

마로니에 공원 64 / 내일 66 / 덤 인생 67 / 봄처녀 68

크레오파트라와 시저 70 / 청춘보다 지금 이 순간! 71

봄날은 가고 말아라 72 / 봄비와 님 75 / 열정의 무아꽃 76

천국의 축복 77 / 쑥개떡 78 / 봄비 나리는 아침에 79

좋은 바람 80 / 나의 길 81 / 기억 속의 나 82 / 꿈꾸는 꽃 83

내안의 우주 84 / 노천 온천에서 85 / 북한산 87

행복한 선택 88 / 그리움 89 / 웃픔바다 90 / 무아의 세계 91

나의 요람 92 / 시를 삶으면 무엇이될까? 93

행복을 여는 아침 94 / 행복만땅 95 / 밀린 숙제 97

프랭크 활짝 웃자 98 / 무죄 99 / 그리움 1 100 / 그리움 2 101

무아별 102 / 삶이란! 103 / 달랑무 104 / 비는 님 105

프랭크의 갈등! 106 / 꽃! 107 / 블루베리 108

장대비 내리던 날 109 / 비의 체온은 73° 111 / 모자 112

북한산이 아픈이유? 113 / 노시인의 바다 114 / 그 사이 116

삶은 도전이다 117

어느날 갑자기... 불현듯이 밀려오는 그리움 118

천국의 천사되어 120 / 노시인.3 123 / 완벽한 삶이란 124

바보상자 앞에서 126 / 미녀와 노시인 128 / 하얀 터널 130

때문에 131 / 개뿔 이장 132 / 낭만 고양이 134

천국의 문 135 / 그리움주 한잔 136 / 한평의 텃밭 138

가을비가 참 좋다 140 / 태양을 향하여 141

자 떠나자 동해바다로 142 / 바다가 턴하는 이유? 143

연미씨를 보내며... 144 / 바다의 턴 145

무아의 턴

삶

꿈이 없는 삶은
희망이 없는 삶이다

삶은
희망과 꿈을 먹고 산다

우주 속에 나

우주 속에 나는
먼지 하나 만큼 작다

작은 먼지 하나의 생각이
우주를 정복한다

사랑하라!

시인이 되려면
사랑하라!

그러면 당신도
시인이 될 수 있다!

산다는 건

산다는 것은
해와 달을
삼켜버리는 것이다

살아 낸다는 것은
가슴 속에 수많은 별들로
수를 놓는 것이다

님의 침묵

블랙 홀처럼
기인 터널 안에 가득 찬
님의 침묵

가지마라!
기다려라!
사랑한다! 그 말...

허공 속에 산산이 부서진
까만 님의 침묵은...
볼수도 들을 수도 없어라

깨어나소서
별들 부르는 노래에
어둠 속의 침묵을
해방되게 하소서!

님이시여
그 어둠 속의 침묵 마져도
님의 언어인것을...

차라리 사랑하게 하소서

여자는 1

여자는 밥은 굶어도 살지만
사랑을 받지 못하면

그 남자의 곁을
떠나는 것이 여자다

사랑을 먹고 사는 것이
여자이기 때문이다

여자는 꽃이다

남자들이여 명심하라!
여자는 꽃이다!

꽃에게
늘 예쁘다고 말해주고
사랑의 물을 듬뿍 줘야만이

향기로운 꽃으로
활짝 피어난다는 것을...

여자는 2

여자는 꽃이다.
꽃은 식물성이다.

고로 여자는 식물성이다.
식물은 혼자 살 수 없다

여자는 식물처럼
늘 사랑의 보살핌이
필요한 존재이기 때문이다

나의 하루

나의 하루는
25시간도 짧은 것을

언제부턴가? 밥 세끼니가
내 하루를 잡아 먹기 시작

밥 세끼에
하루를 먹히지 않으려
발버둥치니

한끼니를...
의미있는 곳에 저축하자

하는 일 없어도
하루보다 더 일찍 일어나
시작하는 하루

내가 먼저 하루를 뜯어 먹으니
빼앗겼던 하루를 다시 찾아가니
행복해지는 나의 하루!

탄생 100호

창작사냥

정적뿐인 깊은 밤
꿈길을 잃어버려 헤매이는 밤
꿈길과 날밤 길

두 갈래의 길에서 선택할 여지도 없이...
고요한 정막 속에 번뜩이는
야광빛 고양이 눈으로
먹이감을 기다리는 맹수의 몸짓으로 ...
고요와 정적을 사냥해야만 한다네

꿈길은 사라진지 오래
이 긴밤을 ...
어떻게 사냥하리오?

3차원의 길에서 창작사냥을 하자!
꿈길보다 짧고 달달한 행복을
한입에 삼켜버린 창작사냥!
3차원의 길에서 만난 긴밤도...

이제 두렵지 않은 것은
창작사냥이 있기에...

벗이란? 1

벗이란 보약과 같다
맛은 없어도
몸엔 좋으니까!

벗이란? 2

벗이란? 물과 같다
맛과 향기는 없지만
마셔도 마셔도
질리지 않는 것이다.

행복

하루를 살아가는 즐거움
그 즐거움이 주는 행복
오늘이 주는 행복이
내일을 꿈꾸게 한다

행복한 사람

세상에서 가장 행복한 것은
오감이 만족할 때 아닐까?

배 고프면 먹고
잠오면 자고
슬프면 울고
웃기면 웃고
싸고 싶을땐 싸는 …

오감의 만족!
세상에서 젤 행복한 사람!

겨울비야

겨울비가 내리면
가슴이 철렁한 것은...

철부지 어린 싹들이 봄이라
잘못 깨어나면 어쩌리요!

죽음의 꽃샘 추위!
한 고비가 남아 있건만 ...

멋모르고 깨어난 어린 싹들
꽃샘 추위에 동사할까 두려워

어쩌면 좋으리
어찌하리요!

겨울비야! 겨울비야!
오려거든 소리없이 내려라

동면하는 새싹들이
깨어나지 않도록...

대화의 맛

지인과 오랫만에 만남
지인과 동행한 그의 친구

우리의 저녁 메뉴는 지평선
소통의 차를 마시니 짧은 시간
깊은 눈빛의 대화가 오가고

시공간을 넘어선 소통의 순간
맛깔난 대화의 꽃이 활짝 피누나

내일

어제는 확실하게 알지만
오늘은 알 수 없다!

하지만 우린
내일을 꿈꾼다

어제와 오늘보다
더 나은 내일을 꿈꾼다.

꿀잠

두 눈 감고 있다가
눈을 뜨면 새날 아침

꿀잠을 자고나면
미소로 행복한 하루

알차고 보람된 하루가
나에게 선물한 꿀잠!

꿀잠은 밤이 짧다
꿈꿀 시간도 없이

편안한 마음
깊은 잠속으로

두눈 감고 있다가
눈을 뜨면 새날아침

말

말을 할까?
말을 탈까?

말은 할 때가 있고
하지 말아야 할 때가 있다

말을 탔으면
달려야 한다

나의 첫말은
엄마! 아빠가 아니라

나의 첫말은
미르야! 달려라

세상 구경

구름은 바람타고
세상 구경 두둥실

구름은 바람이 부는대로
바람은 구름 따라
흘러 흘러 가다가...

이산 저산 구경하며
산 정상에 걸터 앉아
신선처럼 쉬었다간

바람이 불면 구름은
순풍에 돛을 달고...
내일을 향해 두둥실

바람이 부는 대로
구름은 산넘고 물건너
산전수전 겪어보니

바람과 구름은 친구
구름과 바람이 하나
세상 구경 두둥실

내가 행복한 이유

내가 행복한 이유는?
　　　불행을 경험했기 때문이다!

내가 불행한 이유는?
　　　행복을 욕심내기 때문이다!

먼지가 되어

다리가 있으니 달리자
바퀴가 있으니 달린다

가다가 내리막 길에서
브레이크가 잡히지 않아
곤두박질로 친다 해도...

우여곡절 끝에....
영혼을 바로 잡고
달리고 또 달리자!

바윗돌이 모래알 될 때까지
물이 흐르고 흘러
바다로 가듯...

옥토끼가 사는 달나라까지
달리고 달려서 가자

우주 정류장을 지나서
소우주까지...

우주의 한톨 먼지가 되어
자연의 섭리에 순응하리라!

천국

행복하다 느끼니
부러움과 욕심이 사라지고

입가엔 미소와 흥겨운 노래
어깨춤이 저절로 나오네

천국과 지옥이 어디메노
지옥도 천국도 내 안에...

편안한 마음의 행복
여기가 천국인것을...

편안한 마음

겨울산에 잎 떨구고
알몸으로 선 겨울나무들...

눈보라 속에서도 꿋꿋하게
나를 지키는 겨울나무...

멀리서 봐도 겨울산은 속이
훤히 들여다 보여서 참 좋다!

사람들의 마음도 겨울산 되어
속이 훤히 들여다 보이건만...

왜? 사람들은 자꾸만...
자기를 속이는 것일까?

알몸의 겨울나무!
마음만은 편안하여라

꽃을 든 여신

꽃을 든 여인

꽃을 든 여인아
구름타고 바람따라
세상구경을 떠나네

꽃을 든 여인아
사랑과 행복은 어디서
찾을 수 있을까?

부와 명예를 쫓아서
사랑을 하였지만…
욕심을 낳는 지독한 고독

꽃을 든 여인아
손아귀에 쥔 것들
모두 놔 버리는 순간…

세상엔 꽃비가 나리고
영혼의 몸짓으로 우주의
춤을 추는 꽃을 든 여인아

파아란 희망

나에게 하늘은 희망이다
마당을 쓸다가도 하늘 한번
쳐다보면 기분이 좋아진다

나에겐 하늘은 꿈이다
하늘을 마당 만큼 들여 놓고
하늘을 우러러 내일을 꿈꾼다

나에게 하늘은 밥이다
파란 꿈 세끼니
곱씹어 먹는다

희망찬 가슴을 활짝 열고
파아란 하늘로 가득 채우니

나에게 하늘은
파아란 희망이 된다

어느 기분 좋은 봄날에

초록 태양이 빵긋 웃는 날
상쾌한 미소로 하루를 연다

오늘의 향기는 봄처럼
싱그러운 초록빛 향기로
가슴 속에 가득찬 아침

초록의 싱그러운 날
하얀 캔퍼스에 옐로우와 그린
연핑크로 봄향기를 그린다

잠들은 대지에 초록 입맞춤은
봄을 꿈꾸는 대지를 깨운다

찬란한 봄날의 축복에
부풀은 처녀 가슴은 풍선타고

하늘 높이 둥실 두둥실
어느 기분 좋은 봄날에

보물섬

예전에 난
행복하기 위해서 살았노라

지금의 나는 행복하고
그 행복을 다같이 공유하고파

행복의 에너지를 행복한 예술로
승화시키는 행복을 그리는 예술가

그 행복을 전위예술과 춤으로...
아름다운 언어의 천국은 시가 되고

이 모든 예술은 무의식 속에서
찾아내는 보물섬과 같나니

두 눈을 감고 내 안의
무의식의 보물섬을 찾으라

무의식의 보물섬을 찾는 순간!
행복은 시작되리

북한산

북한산의 품속은
편안해서 좋다

사심없는 마음과
따사로운 봄날의 햇살...

북한산 정상에 서서
먼 허공과 발아래 첩첩산중

멍하니 바라만 봐도
마음이 뻥 뚫린다

북한산 품속은
편안해서 좋다

신선의 친구되어

오봉산에 오봉아래
석굴암 삼성각 앞에 서서보니
첩첩산중이 발아래라...

도일스님의 손수 내려 주시는
따스한 보이차로 정갈해진 맘

누가 나를 오봉산에 계신
신선의 친구라 하지 않을까!

허허허와 기막힌 미소

새해 첫날 아침
　　무념무상의 상태

북한산으로 이끄는
　　화승이신 지산스님을

무조건 따라 나서니
　　진관사와 석굴암, 흥국사...

삼사의 부처님께 큰 세배 올리고...
세뱃돈은 북한산에 예술인들이
놀터로 달라고 생떼쓰니

허허허 웃으시는
　　북한산의 산신령님과

어이를 상실한 부처님의
　　기막힌 미소가 예술!

북한산의 봄맞이

북한산 나의 정원으로
봄맞이 하러 가자

봄맞이 음악회!
졸졸졸 계곡의 연주가 시작

봄바람은 총지휘자
산새들의 봄노래 떼창!

새 생명의 작은 용트림과
새싹들의 기지게 펴는 소리

쭈우욱 쭈욱!
졸졸 조올 짹짹째잭

신바람난 봄처녀 봄바람에
콧노래 불러내며 춤추는 여인이여

북한산 나의 정원에서 봄맞이
두근두근 설레이는 처녀가슴!

봄비!

내려라 봄비야
오온 세상 구석구석에...
설레이는 봄처녀의 가슴에도
촉촉한 단비로 내려다오

봄비야 내려서 흐르고 흘러
어느 늙은시인의 맘속까지
따스한 봄소식 전해주오!

봄비야 어서 내려라
강건너 우리님에게 설레는
봄처녀 마음을 전해다오

달리다 지나쳤어

달리고 또 달렸다
그런데 깜빡! 지나쳤어

다시 돌아가야지잉
행복과 사랑이 있는
그곳으로 ...

아하아
달려도 소용없구나!

행복과 사랑이 있는 곳을
지나치며는...

꿈

멋진 님과 함께
와인잔을 들고 춤을 추며

아름다운 사랑의 속삭임
꿈인가? 생시인가?

사랑으로 가득한
풍선처럼 부풀은 가슴

순간 울리는 종소리
땡 땡 땡

신데렐라의 호박마차는
어디론가 사라져 버리고

깜짝 놀라서 눈을뜨니
지하철안에서 쪽잠을...

아하 꿈이였구나!
참 좋았는데...

통증

침묵의 밤
나에겐 통증의 밤

옆으로 자도 통증
뒤집어 자도 통증

눕지 말고 서서 잘까?
엎드려서 잘꺼나

통증 너 뭐니? 왜 나에게
달라붙어 힘들게 하니

갑자기 나타나 친한 척
잘 아는 척 아부와 아첨질

너 때문에 잠을 잘 수 없으니
어서 나에게서 떠나거라!

우아한 삶

한 맺힌 예술인의 삶
흘린 눈물은 진주가 되어

가슴 속에 알알이 맺혀
눈물진주가 되었네

한서린 눈물은 한겨울에 핀
하얀 서리꽃으로 피어나

한서린 눈물로 얼룩진
예술가의 삶을 누가 아는가?

그 고통 마져 행복한 것은
예술로 승화시키기 위한 몸부림

그 탄생을 위한 진통의 시작은
찬란한 예술로 탄생하나니

긴 목에 눈물진주 목걸이는
예술가의 우아한 삶의 결실!

영혼없는 예술가

혼돈의 세상 속에서
영혼을 팔며 사는 우리

사랑과 예술의 가치가
돈이면 해결되는 세상

붓을 꺾어 던져 버리고
캔퍼스를 찢어 버릴지라도

온 몸을 얼음 속에 가두어
춤을 추지 않을지라도...

죽어도 영혼까지 파는
예술인은 되지 않으리라

혼돈 속에 예술인들처럼
돈의 꼭두각시가 된 예술인들...

모든 것을 던져 버리고
나의 정원!
북한산의 정상에 올라!

세상을 향하여 소리치리라
혼돈의 속에 사는예술인들이여

제발 영혼이 없는
죽은 예술인은 되지 말아라!

영혼이 없는 예술은
　　　좀비보다도 못하니라!

노천 해수욕탕에서

노천 해수탕에서

두근두근 설레이는 가슴
뜨거운 서쪽의 섬나라로...

하늘문이 파랗게 열리고
뽀얀 물안개가 모락모락

넓은 평야 한가운데
가슴을 활짝 펴고

하늘을 우러러 거짓의
허물을 벗어 버리니

내 안의 악마같은 불순물은
천국의 해수탕 안에서 녹아나

뽀얀 안개 되어 사라지니
다시 찾은 뽀얀 나의 자아여

해풍이 머리를 쥐어 뜯어도
해수탕안의 몸은 천국이라

와이리 좋노
따근한 불노차 한 잔에
정갈해진 맘과 몸!

북한산의 봄

북한산의 봄은
어디로 오시는가?
따사로운 봄날에
천근만근 눈꺼풀로 오시지

너울너울 봄나비는
어디로 부터 오시는가?
봄꽃향기 맡으며 남쪽에서
산넘고 강건너 춤추며 오시지

북한산의 봄바람 쫓아서
하늘과 봄이는 어디로 가는가?
대자연이 기지게 펴시니
스르르 무너지는 동장군

동장군의 흔적을 찾아서
첨벙첨벙 흔적들 부셔버리는
아그들의 봄맞이!

북한산의 봄바람아 불어라
내 가슴 속으로 깊숙히...
꽃바람 되어 불어라

낮달

낮달!
파아란 하늘에
작은구름 한점

봄이의 얼글처럼
낮달의 하얀미소가 이뻐라

산책길을 꽉 채운
봄이와 낮달의 행복한 미소

오르락 내리락
봄바람은 솔솔솔
낮달과 함께한 즐거운 산책길

님 없는 봄날은

찬란한 봄은 왔건만...
봄이 온들 뭣하리
님이 없는 봄

따사로운 봄날의 축제
환상적인 봄날에 축복은
시작 되었건만...

화려한 봄꽃 핀 산마루에 서서
발 동동거리며 기다려도
꽃비만 휘날리네

봄이 오면 뭣하리오
님없는 봄날은
아직도 내겐 겨울인것을...

어둠 속에서

어둠 속에선
두 눈을 떠도 두 눈을 감아도
똑같다고 생각하겠지만...

어둠 속에서 두 눈을 떴을때 보다
두 눈을 감았을 때가 선명히
잘 보이는 것을 아시나요?

세월이 흘러 추억의 조각들
하나, 둘... 꺼내어 보다가
희미해 지는 추억의 조각들...

그럴땐 안경보다는 두 눈을 감고
생각해 보면은...

어둠 속에서 두 눈을 감아야
영화관에 영사기가 돌아 가듯이...
선명히 잘 보이는 것을 아시나요?

사랑이란?

기억한다는 것은
관심이 있다는 것이다

관심이 있다는 것은
좋아한다는 것이다

좋아한다는 것은
그리워 한다는 것이다

그립다는 것은
사랑한다는 것이다.

관심을 가지고 좋아하며
그립다는 것은 …

당신을
사랑한다는 것이다

묻지도 따지지도 말고
그냥 사랑하자~

방관자

삶은
나를 모른 척 한다

나도
삶을 외면한다

우린
모두 방관자이다.

자연사

어느날 세상에 태어나

죽어라 일만하다가

어느날 숨 안쉬면. . .

자연사!

봄맞이

바람이 살살 불어오니
온몸이 근질근질

봄향기에 들뜬 마음은
바쁜 발걸음으로
봄을 찾아 떠난다

봄날은 왔고
세상은 아름답구나!

마스크를 하고서라도…
들로 산으로 뛰쳐 나가노라

힘들었던 긴 터널의 밖으로
찬란한 태양아래 봄을 맞으리

꿈꾸는 노시인 한톨 김중열

꿈꾸는 노시인

한때는 네로황제 되어
세상의 중심에서 호통쳤건만...
황혼기의 그의 모습은
이상의 날개를 보는 듯 하다
도심의 한복판에 선 노시인
캡모자를 푹 눌러 쓴 그는
도심의 이방인처럼 느껴졌다

누가 그를 그렇게 만들었을까?
그는 스멀스멀 세월을 먹었고
세상을 비웃기 시작했다

눈물이 나도록 고독한 그
뭐든 채워줘야 했기에...
그가 보는 세상 속에 나를
다시 한번 응시해 본다.
그의 겨드랑이에선
검은 깃털이 보이고
그의 눈은 꿈을 꾼다

어쩜, 둘은 그 블랙홀을 통해
검은백조의 전설을
소통하고 있는지도 모른다

마로니에 공원

마로니에 공원에 있으니
지금도 마로니에는...
그 노랫말이 생각난다

낭만과 사랑 그리 젊음의 상징인
마로니에 공원도 이미 코로나19에게
점령 당해 휑한 모습이였다

고독하리 만큼 허전하고
쓸쓸한 공원벤취엔
고독만이 앉아 있었다

멀지감치 벤치 여기저기의 사람들
폰에 빠져 고개를 푹 숙인 채 앉아
손가락만 움직인다.

하지만 정오의 태양빛은
고독과 쓸쓸함 그리고 외로움을
송두리채 삼켜 버린다

하늘을 찌를듯히 두팔을 뻗어
태양을 잡을 듯한
마로니에 공원의 나무들의
당당한 모습들 그 나무들을 보았는가?

그것만이 그 모습 그대로...
마로니에 공원을 지킨다

그래서 마로니에 공원은
쓸쓸하지도 외롭지도 않았다
그냥 살아서 움직이고 있었다
내가 살아서 움직이듯이.....

내일

휘파람 불며
오르는 산책길

마음은 풍선처럼 둥둥 떠
혀바닥 쑤욱 내민 너

너와 나!
이 길을 걸어서 또 오르고
내려가고 또 오르고
내려갈지라도...

우리가 가는 행복한 산책길은
너와 내가 걸어가는 내일!

덤 인생

쿵하는 소리는
우주가 땅바닥에
쳐박히는 순간!

타임머신은 스톱!
생사의 갈림길에서 요단강까지
그 순간이 찰라인 것을...

상처뿐인 흔적들...
살다가 보니
별일을 다 겪는구나!

낙엽 위의 개미처럼
계곡물따라 정처없이
흘러가는 것이 인생인 것을...

덤인생!
이런들 어떠랴
저런들 어떠랴!
살아있음에 감사 할 뿐...

봄처녀

들판에서 꿈을 뜯는 봄
봄이오면 꿈을 꾼다

산들에 휘드러지게 핀
진달래 개나리 산수유 목련...

그리고 들판의 널려있는
쑥, 냉이, 달래, 씀박이...

봄날은 아름다운 축제가 시작되면
꿈속의 단골메뉴는 나물을 캐는 꿈

십년전 어느 봄날
새벽 안개 자욱한 들판에서
후배와 미치도록 꿈을 캐내듯
쑥을 원없이 캐던... 그 행복했던 날

차 뒤 트렁크에 하나 가득찬
쑥을 다 어쩐다지...
화실 김화백님왈 떡집에 갔다줘 봐요
떡집에 가서 물으니...
킬로당 오천원씩해서, 십만원을
받은 기억이 난다

그러하듯 봄이면 오는 병
내 나이가 몇인가?
요새도 봄처녀 꿈을 꾸다니

결국 오늘 후배와 같이 들로 나가
한바구니 꿈을 뜨으며 동심으로
돌아가 친구들과 젤 행복했던
그 순간을 즐긴다

저녁엔 추억의 봄꿈국을 끓여 먹으며
북한산 정원에
내 땅을 가지려는 꿈을 되새긴다

크레오파트라와 시저

테라를 마신 다음날
테라가 머리를 때린다
기분 좋게 마셨는데...
안주가 좋지 않았는가?
같이 마신 사람이 별로였나?
무엇인가? 나의 심기를
건드렸나 보다
테라! 두 병이면...
나는 크레오파트라가 된다

어제는 크레오파트라와
시저!가 한잔 하면서...
북어 양념구이로 안주 삼아
우주를 넘나드는 대화가
커다란 웃음으로 울려 퍼진다.
크레오파트라는 말한다
대우주를 품으라고...
시저는 멈춰진 시계 앞에서
소박한 내일을 얘기한다
빈술병엔 대화를 채우고
술을 가슴으로 마시던 날

청춘보다 지금 이 순간!

여행을 떠날 땐
거실 화병에 꽃을 한아름
꽂아 두고 떠나리

여행에서 돌아 오는 날
환한 미소로 날
반겨 줄거야!

꽃은 피고 지고 지고 펴도
늘 아름다운데...

가려는 내 청춘을 붙잡고
버티며 견뎌온 시간들

머리에 흰서리 내리니 이제야
겨우 청춘보다 더 아름다운 것은
지금 이 순간이라는 것을...

봄날은 가고 말아라

아름다운 자연의
축제가 시작되는 봄날

노랑옷 갈아입은 산수유
분홍색 저고리의 봄처녀 진달래
유치원생 떼로 핀 개나리

조용한 아침의 나라
여인의 상징
백목련과 섹시미의 자목련
봄의 축제를 알리는 도로변에
나팔수로 핀 벚꽃들을 보라

폭죽을 쏘듯이 팡팡팡
꽃망울이 터지기 시작하면...

세상은
꽃향기 가득한 환타지아
봄의 축제는 절정!

해마다 열리는
봄의 축제에
넋을 잃고 보는 사이...
자목련 나무 그늘 아래

털퍼덕 주저앉은 노시인의
주절대는 한마디!

꽃이 피고 지는 사이...

사라져 버린 나의 청춘아!
나의 봄날은 가고 말아라

봄비와 님

봄비와 님

님오시는 날은
봄비가 내리는 날

봄비가 오시는 날은
님이 오시는 날

봄비가 오시면
님 생각이 나네

오늘도 님이 생각나니
봄비가 오시려나...

열정의 무아꽃

봄의 전령들...
진달래 개나리 목련 제비꽃...
냉이, 쑥, 돌나물, 망초 순, 달래...
그리고 봄이 오면 빨갛게 피어나는
열정의 무아꽃을 아시나요?

들로 산으로 바구니 하나 들고
봄꽃을 찾아서 돌아 다니다가
봄나물 바구니에 가득 차면
바구니 내팽개 치고

봄바람 따라서 가다가
나비를 만나면 피어나는 봄꽃

봄이면 물오른 버들가지 되어
바람부는 대로 긴머리 휘날리며
들로 산으로 봄을 찾아가는 꽃

봄꽃을 닮아가는 열정의 꽃
봄이면 피어나는 붉은 꽃
나는 열정의 무아꽃!

천국의 축복

대우주가 열리고
축제가 시작되면

대지의 여신은 잠들은
새생명들을 깨운다

아름다운 마술의 시작
자연아 깨어나라!

신도 자신의 창조물인
봄을 감상하며 무아지경

봄날의 사랑에 빠질 수만 있다면
최고의 축복이라 생각하는 인간들

봄날의 축복 바로 오늘
맘의 허물을 벗어 던지니
세상이 천국!

천국에서 봄날의 축복은
사랑이여라!

쑥개떡

북한산 자락에서
이맘 때면, 쑥을 뜯는 것은
봄을 맞이하는 나의 의식!
쑥을 떡방앗간에 갖다 주면
쑥과 쌀을 빻아 주신다
따스한 물로 밀가루 반죽하여
주물주물 그 것을
둥글 넙적하게 대충 만들어
떡시루 안에 면천 깔고
김이 모락모락 나면
둥글 넙쩍한 쑥개떡을
하나씩 올려 놓고 20분쯤 후
떡시루를 열면 마술처럼
쑥개떡이 방긋이 미소 지을 쯤,
생각나는 어머니 얼굴...
항상 밥솥 안의 쑥개떡은
어머니의 마술 언제부턴가 어머니의 상징
나에겐 봄의 의식이 되어버렸다
자연의 향기 물씬 풍겨나는
추억 속의 어머니 닮은 쑥개떡이
나는 그냥 참 좋다!

봄비 나리는 아침에

밤새 내린 봄비에
촉촉해진 마음

봄날의 축복!
대지에겐 생명수!

처마밑으로
또오옥 똑 똑 똑...

하늘이 연주하는
자장가 들으며
깊이 잠들어 버린 너

밤새도록 내린 봄비에
축축해진 내 마음을...

모닥불 앞에서
뽀송뽀송 해지도록
이리저리 뒤집어 말리며

진한 커피향기 그윽한...
따끈한 커피 한 잔이 몹씨 그리운
봄비 나리는 아침에...

좋은 바람

해안도로를 달린다
한참을 달리다가 차창 문을 열고
팔을 내밀고 손을 짜악 펴면
부드러운 손이 내 손을
꼬옥 잡고 달리기 시작한다

뜨겁던 손이 시원하다
꼬옥 잡은 손이
님의 손처럼 부드럽다

해안도로를 달리는 내내
손을 꼬옥 잡고 놓지않는 손

형체도 색도
냄새도 없지만
나는 느낀다

언제나 힘들 땐 소리없이 다가와
꼬옥 안아주고 정겹게 손을 잡아 주며
용기를 주는 넌 꼬옥
내 님을 닮았다

나의 길

나의 인생길!
어디로 가고 있는가?
잘 가고 있는가?
문득 되돌아보니
오르막길 내리막길...
인생길 오르막길 힘들어도
힘든 만큼의 보람이 있고
내리막길 허망한 막장 드라마
그 길일지라도 희망이 있더라

인생길 가다가 보면
두갈래의 길 선택의 귀로에 서서
누구나 하나의 길만을 선택하지만
나는 두개의 길 모두를 선택했다
가서 아니면 다른 길을 선택하면
되겠지라는 헛된 생각이 아닌
두개의 길이 일맥상통하도록
새 통로를 만들어 나의 길을 갔다

내가 가는 곳은 곧 길이 되니까!
나는 새로움을 창조하는
아티스트이니까!

기억 속의 나

기억여행을 떠난다
나만의 행복한 기억은 뭘까?
영원히 남는 기억은...
꼬리에 꼬리를 물고 떠나는
기억여행을 따라가다 보며는
저 멀리 내가 서 있다

들판에 홀로 선 나무 한그루
바람이 부는대로 춤을 춘다
캔버스에 나무 한그루를 그린다
보이지 않는 뿌리도 춤을 추며
온 세상에 시가 되어 뿌려진다

내 기억 속의 나!
한그루의 나무로 ...
사람들이 쉬어 갈 수 있도록
행복한 그늘이 되어 주는 나무로
서 있는 기억 속의 나
그래서 나무는 행복했다

꿈꾸는 꽃

꽃은 꽃을 피우기 위해
삼백 예순 날 그 고통 속에서도
꽃피는 봄날을 꿈꾼다

봄날은 꽃들의 축제
꽃이 피어 지는 순간까지...

꽃은 지는 것을
두려워 하지 않는다

꽃이 지는 것은
다시 올 봄날의 약속이다

내안의 우주

비 비 비 비 비 비 비 비 비 비 비 비
가 가 가 가 가 가 가 가 가 가 가 가
내 내 내 내 내 내 내 내 내 내 내 내
린 린 린 린 린 린 린 린 린 린 린 린
다 다 다 다 다 다 다 다 다 다 다 다
!!!!!!!!!!!!!!!!!!!!!!!!!

사 사 사 사 사 사 사 사 사 사 사
랑 랑 랑 랑 랑 랑 랑 랑 랑 랑 랑
도 도 도 도 도 도 도 도 도 도 도 도
내 내 내 내 내 내 내 내 내 내 내 내
린 린 린 린 린 린 린 린 린 린 린 린
다 다 다 다 다 다 다 다 다 다 다 다
!!!!!!!!!!!!!!!!!!!!!!!!!

비가 내린다
사랑도 내린다
사랑비가 오시는 날
나는 우주를 마신다
우주를 마시면
소우주가 내안에 있다
비로소 사랑비가 우주를 통해
나만의 우주가 된다

노천 온천에서

지하에 갇힌 세월아
가슴에 맺힌 한을 어찌 풀꺼나
하얀머리 풀어 헤치고
승천하고픈 용처럼 한 맺힌 가슴
화병으로 온천수가 되었나?

하염없이 내리는 빗방울
하늘나라 천국에서
누굴 찾아 왔을까?
차가운 빗방울은
뜨거운 온천수에 닿는 순간
동그라미가 된다
아마도 한맺힌 마음 풀어주려는
어머니의 약손처럼 빗방울은 약손되어
뚝뚝뚝 동그라미만 그린다.

북한산 계곡에서 하늘이와 봄이와 함께

북한산

삶이 고일때
나는 북한산을 보았다
북한산은 나를 품어 주었다

그 품안에서 예술을 배웠다
그리고 자연과 예술을 접목하고
자연은 나의 스승이 되었다

세상에 혼자라고 느낄때
내 옆에 여름이가 있었다

자연과 세상을 여름이를 통해
소통하며 위로 받고 친구처럼
서로가 서로를 의지하며
삶의 동반자가 되었다

현실은 혹독했지만...
북한산 품안의 삶은 행복했다

나에게 북한산은 휴식이고
나에게 북한산은 스승이며
북한산은 내 마음의 정원이다

행복한 선택

지금 내 앞에 큰산이 가로막고 있다
그 큰산을 옮겨야 한다해도...
내힘으론 어찌 할 수 없는 일이면
나는 꽃을 사리...그리고 꽃향기에 취하리
그순간 모든 것을 잊고서
행복할 수가 있으니까!
내 삶의 방식일런지도 모른다
살다가 큰 문제에 부딪칠 때는,
최선을 다해도 내힘으론 도저히 해결이 안될 땐
더 이상 고민하지 않고
지금 행복해지는 일을 찾는다
안되는 일을 붙잡고 고민한들
무슨 의미가 있겠는가?
그럴땐 붓을 들고 그림을 그린다
그 순간 나는 행복하니까
행복은 내가 찾아가는 것이다
행복이 나를 찾아온다고 기다리는 것은
참 어리석은 일이다
누군가 나를 사랑해 주기를 바라지 않는다.
내 사랑은 내가 선택한다
왜냐하면 세상에서
가장 행복한 순간이니까!

그리움

여우비가 내리던 날
늑대주와 잔을 부딪치며
하하 호호 울림의 메아리
빗방울이 그리던 동그라미

동그라미는 그리운 얼굴이 되어
어데로 흘러가는가?
빗방울은 그리움을 그리고
그리움은 눈물되어 흐른다

웃픔*바다

검푸른 청록의 바다
출렁이는 어깨를 들썩이며
숨죽여 울고 있었다
하늘도 덩달아 운다
멀리서 다가온 먹구름은
하늘과 바다의 오작교
비로소 잔잔한 바다에
햇님이 빵긋빵긋 웃는다

웃픔*/웃고 있지만 슬픔

무아의 세계

사랑을 찾아서
또다른 나를 찾아서
떠나는 여행

무아의 세계
오색빛의 오르라가
눈이 부시다

사랑하며 존중하는
내가 존재하는 곳
내가 꿈꾸는 세상

그곳에서...
내가 웃고 있다

나의 요람

나에게 초록은 자연이다
자연이 춤을 춘다는 것은
세상이 아름다워지는 것이다

나는 나를 위해서 춤을 춘다
누가 보지않아도 좋다
알몸의 몸짓은 용트림일뿐,
그래도 춤을 추는 것은...

초록의 요람에서
나의 영혼이 편안하게
영원히 잠들기 위함이다.

시를 삶으면 무엇이될까?

사람들은 시는 길면
시 맛이 없다고 한다

시가 길면 수필이고
수필이 길어지면 소설이 된다면서...

소설이 짧으면 시가 될까?

시,수필 ,소설을 한솥에 넣고
푹푹 삶으면 무엇이 될까?

삼류소설? 잡지?
아니 아니 동시가 된다

왜냐하면 찌든 옷도 삶으면 때가
싹빠져서 깨끗해 지듯이...
맑고 깨끗한 동시가 되지 않을까?

행복을 여는 아침

주루룩 주루룩 빗방울의 자장가
깊고 깊은 행복한 꿈나라
주룩주룩 어둠이 걷히니
주룩주룩 일어나라
빗방울이 창문을 두들기네

앞마당 하늘이 봄이도
덩달아 멍멍멍 노래부르면
백마산의 백운사에 아침이슬같은
두 눈방울도 서울하늘을 우러러 멍멍멍...

하늘향해 힘찬 기지게 펴고나니
빵긋 웃는 햇님의 햇살에 눈부신
비게인 아침은 행복을 여는 아침

행복만땅

비 오는 아침
따스한 차 한잔의 여유!
소소한 행복은 덤이다

무장해제된 육신은
마음과 몸의 휴식이다

시집을 손에 들고
또 한 손엔 찻잔을 든다

음악이 흐르고 흥얼흥얼
노래를 따라 부른다

행복에 겨운 나는
음악에 맞추어
춤을 추기 시작한다

어머님을 보내드리며...

밀린 숙제

마음 속 가시 하나
그 가시를 제거하는 것이 숙제다

도로옆의 담벼락 밑에 떨어진 낙엽들...
볼때마다 치워야지 맘속으론 생각한다

볼때마다 흉하게 쌓여만 가는 낙엽들
늘 볼때마다 치워야지 하는 ...
가슴 속에 가시 하나!

오늘 드디어 대빗자루를 들고
대문앞 도로에 떨어져 쌓인 낙엽들
쓱쓱 싹싹 쓸어 쓰레받기에 쓸어 담고 나니
밀린 숙제를 다한 이 후련한 기분!
기분 좋은 하루를 연다

프랭크 활짝 웃자

울지마요
울면 내맘이 슬퍼져요

그래도 울고 있잔아요
울면 싫어요!

프랭크야!
내 눈물은 흐르지 않아!
그냥 눈물 그림일 뿐...

나도 울때는 야옹야옹
소리로만 울어요

때론 눈물을 흘리며
우는 것도 좋아

그래, 그래!
오늘은 울지만
내일은 활짝 웃자!

무죄

백장미가
넘 탐스러워서
누구나 널 보면
모두가 널 갖고 싶어해!

후배가 놀러왔다가 널 보고
눈빛이 빛나는 것을 봤지
얼른 몇송이 꺾어서 선물로 주었더니!

와인잔에 이쁘게 너를 꽂아
또 다른 널 사진을 찍어 보내왔는데...
백장미 너의 변신은 눈부셔!
내 맘을 하얗게 정화시킨
너의 변신은 무죄!

그리움 1

주루룩 주루룩 ...
그리움이 내리면
나무는 춤추고
새들은 짹짹짹
사랑찾아 날아간다

그러한 잠시,
선술집의 구석진 탁자엔
검정챙 모자 눌러 쓴 노시인이
하염없이 마시는 그리움주
흥얼흥얼 듣는이 없어도 ...
그리움은 차고도 넘친다

추적추적 내리는 그리움은
내게로 다가와 창문을 두드린다
나는 외면해 버린다
선술집 노시인의 흥얼대던 그리움이
자꾸만 입가에 맴도는 것은...
어느새 마셔버린 그리움 때문이다

그리움 2

비만 오면 그리움에
빠지지 않으려 발버둥친다

예전엔 비만 오면
그리움주에 빠져 살았다
그리움에 빠져버린 선배들은
주력이 화력이라며 그리움만 따른다
마시면 그리움에 취해서 슬퍼지는 그리움주!

나는 한참 후에야 알아버리고 말았다
사랑찾아 날아가버린 그 새를
기다리는 나무처럼 비만 오면
내가 춤추는 것은 그리움 탓이리
나무가 춤을 추듯이...

님 찾아 날아간 새,
나무는 늘 나뭇가지에 앉아서
사랑노래 불러주던 그 새가 그리움인 것을...
그 새가 떠나간 후에야 알았다

무아별

하늘은 높고 푸르다
내맘 속엔 순풍에 돛을 단 배 한척!

아그들과의 산책길엔
솔솔부는 바람에 요가중인 나뭇잎들
산새들의 아름다운 속삭임

그런데 왜?
그렇게 갈망했던 것을 할 수가 없을까?
나의 길을 돌고 돌아서 가는 것일까?

순풍의 돛을 단 배!
고요속에 정적이 불안하다
보이지 않는 불안이 밀려오는 이유는?
단 하나! 나의 궤도 벗어났기 때문이다

나 이제 돌아가리
불안의 궤도를 벗어나
부족한 것을 채워가는 나의 별!
무아별로 돌아가리라

삶이란!

누구에게나 똑같이 주어진 삶
삶의 현실에 부딪히면 후회와 한탄이
저절로 나오고 삶이 지옥일 때가 있다
내 삶은 왜 이리 힘들까?
내 삶을 탓하게 된다

그러나 돌이켜 생각해보라
나는 진실로 최선을 다했는가?
내가 왜 그랬지?결국은 내탓이다!

내가 뿌린 씨는
내가 거두어 드리는 법!
모든 것은 내탓이다!

하지만 삶을 포기는 하지마라
지금도 늦지 않았다
나를 이기는 자가 승리자다
다시 시작하라
내 삶의 주인은 나다

달랑무

달랑무를 단정하게 다듬자
달랑무를 뽀얗게 맛사지 해주자
달랑무를 깨끗하게 목욕도 시키자
달랑무를 소금물에 해수욕을 시키자
달랑무를 빨갛게 바디페인팅으로
맛있는 양념옷을 이쁘게 입혀서
정갈하게 항아리에 담아 살짝 익히자!

건강밥상 위에 맛나게 익은 널 내놓으면
군침을 꼴깍 삼키며 바라볼거야
그리곤 눈 깜짝할새
밥 한그릇 뚝딱 해치울거야

건강밥상에 인기짱인 달랑무!
입맛 없을 땐 물말아
달랑무를 통째로 한입 베어 먹으면
도망갔던 입맛이 되살아나는 …
그 맛을 아는가?
생각만해도 침샘자극!

달랑무를 항아리에 가득 담아놓고
행복에 겨워서 달랑 달랑 달랑무
현란하게 온몸을 흔들며 춤을 추노라

비는 님

비가 오시면
오신다던 님

비는 오시는데
님은 소식이 없네

비야 비야 너는 아느냐!
님은 어디쯤 오시는가?

비 내리는 날
내님이 오시면

비보다 한발 앞서
맨발로 뛰어나가...

비보다 더 반가이
내님을 맞으리

프랭크의 갈등!

하얀 캔퍼스 위에 프랭크
고민의 시작은 요가매트 위에
캔퍼스가 펼쳐지면서 부터다

예술을 하느냐?
요가를 하느냐?
아~끼가 많아도 탈이로다

프랭크 고민하지마!
비가 와서 몸이 찌푸둥하면 요가를 하고
그림을 그리고 싶으면
그림을 그리면 되는거야

뭐든 한꺼번에 다하려는
욕심때문에 생기는 일!

천천히 요가하다가 쉬고플 땐
그림그리고 그러다 놀고 싶을 땐
놀면되는거야 !

프랭크!
넌 아티스트니까!

꽃!

꽃은 피어야 하나?
꽃은 지면 안되나?
꽃은 향기로와야 하나?

나는 좋은 꽃이다
영원히 시들지 않는
사람 냄새나는 인꽃!

블루베리

마당에 4그루의 블루베리
똑같은 키에 밥도 똑같이 먹으며
무럭무럭 자라나더니
예쁜 꽃들이 만발하니 꽃들의 축제
꽃들의 무대에서 벌과 나비의 멋진 공연
날마다 사랑가 타령을 부르더니
주렁주렁 블루베리가 풍년이라네

사랑사랑 내사랑
이리봐도 내사랑
저리봐도 내사랑

블루베리의 사랑이 만땅이니
우리집엔 행복이 풍년이라네

장대비 내리던 날

인사동 뒷길 낙원호프에서
몽마르뜨의 낙원처럼
하늘 닮은 파아란 맥주를
장대비처럼 입에 퍼부었다

왜? 그래야만 했을까?
그럴밖엔...
빈테라병이 개거품을 물면
밤새 퍼마시는 날

하늘에게 배운 장대비 주법으로
퍼마셔 버려라
코가 삐뚤어지도록...

참 이상도 하다
퍼마시고 또 마셔도
빈 테라병만 쓰러진다

제5회 UN평화모델선발대회

대상시상식

비의 체온은 73°

비가 내리면
비를 맞으며
비를 생각한다

빗방울이 머리를 적시고
빗방울이 가슴을 적시면

그대와 나의 가슴 속으로
흐르는 빗방울의 체감온도는 73°

모자

치카치카 하이얀 거품
얼굴을 청결하게 세안한 후
마음에도 정갈한 화장을 하리

스카이컬러티 셔츠에 청바지를 입고
파아란 운동화를 신었는데
뭔가 허전한것은...

맞아!
패션의 완성은 모자!
모자를 쓰리라

화려한 꽃모자! 깜찍한 베레모!
카우보이 모자중 어떤모자를 쓸까?

오늘은 카보우이 모자를 쓰고
아그들과 산과 들에서 뛰놀다가
꽃모자 풀모자도 만들어 쓰리라

북한산이 아픈이유?

하늘과 북한산이 맞다은 날
북한산 계곡물에서 아그들과 나는
저 멀리 보이는 북한산을 보았다

북한산이 울고 있었다
하늘이 달래도 울었고
아그들이 아무리 웃겨도
북한산은 통곡만 했다

북한산이 왜 우냐고 아그들이 물었다
북한산이 인간들 때문에 아프다고…
나는 말을 할 수가 없었다

북한산이 우는 이유 ?
북한산이 아픈 이유를…
인간들은 알면서도 모른척 한다

하늘과 북한산이 맞다은 날
아그들과 나는 보았다
북한산은 아퍼서 통곡하는 것을…

북한산이 아픈 이유를 아는가?

노시인의 바다

어느날 갑자기 날벼락 맞던 날!
노시인은
바다가 미치도록 그리워졌다

방황을 메고 노시인은 바다로 갔다
그 누구도 묻지 않았다
그리고 방황의 끝자락에서 본 수평선!

노시인과 바다사이엔 고래가 살지않았다
노시인을 기다리는 것은 바람뿐...

하얀파도와 새들의 지저귀는 참묵 속에서
노시인은 고래사냥후 휴식을 느끼듯이
인생의 무상을 다시금 깨닫는다

인생 무상이 시작된 곳에서
노시인은 잃었던 길을 다시 찾는다

끝은 시작이듯이...
유를 버리고 무를 메고 돌아온 노시인

노시인의 바다엔
고래가 살고 있었다

그곳엔 접혀 있던 마음 속에 평화와 행복이
노시인을 향하여 활짝 미소 짓고 있었다

그 사이

밤과 낮사이
그 사이
낮도 밤도 아닌
그 사이엔 지금이 있다

천국과 지옥사이
그 사이
천사도 악마도 아닌
그 사이엔 인간이 있다

너와 나의사이
그사이
사랑도 우정도아닌
그 사이엔 썸이 있었다

삶은 도전이다

삶은 도전이다
길이 없으면 동서남북으로 길을 찾다가
찾아도 찾아도 길이 없을땐
내가 지나간 곳이 새길이 되듯이...

삶은 도전이다
최고가 되는 것보다 최선을 다한 삶
살다가 힘들다고 좌절감에 빠져서
허우적거려도 두주먹을 불끈쥐고
한줄기 희망의 빛만 있다면 ...

밥 한공기에 열무김치와 고추장 비벼넣고
팍팍 한 양푼을 뚝딱 해치우고 나면
까짓거 삶! 또, 도전해보는거야!
우리의 삶은 밥힘으로 사는것이니까!
삶은 도전할때 의미가 있는것이니까!

어느날 갑자기...
불현듯히 밀려오는 그리움

작은 방 창문 앞에 앉아서
넓은 세상 내다보며 맘껏 뛰놀고파
늘 자유를 그리워했던 뭉치

그 춥던 12월 어느날 갑자기 홀연히
넌 자유를 찾아가버렸지만
갈테면 가라지 나도 꼬라지가 난거지...

하지만 지금도 창문을 열어놓고
널 기다린다
넌 꼬옥 돌아 올거야 예전에 그랬듯히...

1년7개월... 기다림이 지쳐가도
나는 널 기다릴거야!
언제나 빈집에서 네가 날 기다렸듯히...

어느날 갑자기 불현듯...
이렇게 네가 미치도록 그리울때면
백운사로 간 여름이를 생각하지...

그 무덥던 8월 어느날 갑자기
이웃집 환자의 그 광란의 밤만 아니였다면,
그날 이후로 널 백마산 백운사로 보낼수 밖엔...

내가 세상에서 가장 힘들 때
내곁을 지켜줬던 뭉치와 여름이 …

더 이상 떨어질 곳이 없었던 최악의 삶
그래도 행복했던 것은…
피카소갤러리란 섬에서 북한산까지
사건과 사연들 줄줄이 엮어 목걸이 만들까?

뭉치와 여름이가 불현듯히 그리움으료
밀려올때면 아린 가슴 쓰다듬으며…
어디서든 잘지내거라!
내 안엔 니들이 있다
사랑한다 영원히…

천국의 천사되어

남은 생과 사를 오가는데
내 발가락의 찔린 가시하나 더 아프듯이...

죽음앞에 두렵지 아니한 자가
어디 있겠는가?

죽음 앞에 의연한척 할 뿐,
왜 하필이면 그게 나!
신께 따지고 있을지도 모른다

죽는 다는 것! 산다는 것!
따지고 보면 백지 한장차이 인것을...

어떤 이는 살기 위해 발버둥치는데
어떤 이는 자살연습을 한다

자살은 신에 대한 반항이다!
그런데도 자살에 실패하는것은
삶에 대한 미련 때문일까?

신에게 반항하는 인간들을
신은 용서하지 않는다

생사는 신의 영역이고
산다는 것! 살아낸다는 것이
인간의 몫인것을...

행복도 불행도 신의 영역이 아니다
내 스스로가 만들어 가는 것이다

살아있다는 것 하나만으로도
축복받을 일이 아니겠는가?

이 세상이 가장 아름다운 천국이다
오늘도 천국의 천사가 되어
살아있다는 것에 감사하면서...

노시인 단체
왼쪽부터 이장 이기운 / 조남현 화가 / 한톨 김중열
짝퉁사익 류재호 / 산신령 가수 현승엽

노시인.3

밀짚모자에 무지개빛 찬란한 썬글라스
반바지를 입은 개구장이차림의 노시인
세상을 초월한 듯한 썬글라스 속의
눈빛만은 예리하게 빛난다
내비둬 그럴수도 있지 히히히힛!
누가 뭐라하든 그냥 웃는다

두레박타고 내려온 선녀가 멱감다가
날개옷이 없어져 갈팡질팡할 때,
선녀옷을 숨겨놓고 웃는 나뭇꾼의 웃음
아니아니 덥다고 우물속으로 두레박 타고
내려가다가 두레박줄이 끊겨서
오도가도 못하는 지경인데도...
노시인은 우물안의 시원함을 즐긴다

아무것도 아니다가 아닌 우티스가 되어가는
노시인에겐 계획이 다 있었다
아무것도 아니다가 아닌 히히히힛!
노시인의 그 웃음 속엔 이승과 저승을
초월한 우티스가 살아 숨쉰다

완벽한 삶이란

중년의 신사에겐
명성과 부 그리고 행복한 가족...
남들이 부러워하는 상위층
왕성한 사회적 활동가
무엇이든 못할게 없는 중년의 신사에겐
그런데도 단하나 가슴이 뻥 뚫린듯이
어디서도 채워지지않는 2%가 부족했다
사람들은 98% 부족으로 생사를 오가는데
중년의 신사는 다 가졌는데도 2%의 부족으로
행복하지 않았고 삶이 무미건조했다

중년의 신사에겐 그 2%의 부족함이
삶의 98를 지배하는 산소와 같았다
사람들에게 98%의 부족함은
마치 밑빠진 독과같이채워지지 않는
희망사항이였다
중년의 신사의 상류층의 삶과
서민들의 삶!

우리는 어떤 삶을 선택할것인가?
머리싸메고 고민하지 말라
순간의 선택은 평생을 좌우한다
선택은 자유다
고민할 필요없이 나는

완벽한 100% 삶!
두삶을 모두 선택하리
세상에 그런 삶이 존재할까?
서민들이 로또를 살때 꿈꾸는 세상!
아트피아가 아닐까?

바보상자 앞에서

코로나19도
무더운 폭염도
한방에 날려버린...

도쿄올림픽에서
대한의 아들 딸이 다시 찾은
황금태극기가 멋지게 휘날린다

열광의 도가니!
소리없는 도쿄올림픽!
안산의 소리없는 침묵으로
양궁의 3관왕은 역전의 드라마였다

우린 할 수 있다!
다만 우리를 힘들게 하는 것은
좌절뿐이다 좌절은 금지다

폭염과 코로나19로
지금은 바보상자 앞에서 소리치지만
서로의 눈을 마주치며 미소짓는
그날을 위하여...

소리없는 함성으로
코로나19와 폭염과 싸우며

오늘도 바보상자 앞에서
대한민국을 외친다!

미녀와 노시인

동인지 삽화건으로 만나기로한 노시인
기다려도 오지않는 노시인
미녀를 길거리에 세워놓는 매너꽝인 노시인
노시인에겐 미녀도 그냥 사람일뿐이다
힘없이 나타난 노시인은
빙하섬으로 가자고 외친다

연신내 로데오 바다엔
섬은 많아도 빙하섬은 보이지 않는다
수많은 섬들 사이사이엔
라거섬 곱창섬 해물섬 그리고
저멀리 장례식장이 보인다
겨우 찾은 설빙섬에서 노시인은
추억의 팥빙수로 불난 가슴을 식히려다가
빙하섬을 뒤덮은 노오란 미수가루를...
헐레벌떡 퍼먹다가 사래가 들린 노시인
물셀프하러 뛰어가 물 한 컵만 떠온다
젠장 미인이 앞에 있건말건 노시인은
벌컥벌컥 종이컵의 물을 혼자만 마신다

노시인의 속이 얼마나 불이 났으면
미인을 앞에 두고 빙하섬만 찾을까?
열대아와 코로나19! 올테면 오라고 해!
천국의 계단을 발견했다며 속삭이던 노시인

그리곤 미인을 쳐다보며 히히히 웃는다
삽화와 표지그림이 맘에 쏘옥 든다며...
우티스는 바람결에 흔들리는 야생화처럼
아무 것도 아닌 것이 아닌!
살아있다는 것만으로도 노시인은 행복해 했다
노시인에 행복의 계단앞에선...
미인도 개뿔이다!

하얀 터널

하얀 터널
그곳이 그립다
여긴 너무 뜨겁다

그래도 절대로 물러설 수 없다
산넘고 물건너 넘고 넘어서
그리운 하얀 터널로가자

그리운 하얀 터널
그곳엔 희망과 평화가 있다
그리운 하얀 터널로 가자

때문에

코로나19로 멍때리다가
폭염으로 멍때린다

넋나간듯 정신도 멍때린다
육체도 덩달아 누워버린다

나에겐 이래도 된다는
확실한 명분이 2개 생겼다

폭염때문이야
코로나19 때문이야

맞아! 니들 때문에
멍때리는거야!

내가 이럴 때가 아니야
정신 챙기자!

이젠 니들 제발
지구를 떠나라

개뿔 이장

뭐햐유~나 이장!
어짠일인가유~
오랫만에 한잔혀야징~
와서 한잔 혀유~

코로나19가 4단계라 어사님은 떠나가고
이장은 만나자마자 개뿔! 오늘부터 과거를
구구절절 쉴새 없는 이바구를 하니...

용면리 이장한테도 피할 수 없는 아픈 현실!
땀을 뻘뻘 흘리며 사는 도시인의 삶을 선택 후
다시 찾은 삶을 즐길 줄 아는 이장의 모습

거무잡잡해진 얼굴엔 미소가 살아있다
식당을 나올때면 뒤늦게까지 매던 운동화 끈!
끈이 없는 단화로 바꿔신고 신사가 된 이장

그의 지난 과거사엔 가족의 아픔이 있었다
부모와 자식과의 말할 수 없는 갈등골을
훌훌 털어버린 개뿔이장은 행복해 보였다

예전부터 술 한잔 사주고 싶었다며...
개뿔~ 술한잔에 할말 못할말
알아듣지도 못하는 말까지...

다 토해내고 간 이장
그날 난생 처음 말멀미를 했다
개뿔 사는게 다 그런거지 뭐!

낭만 고양이

나는 프랭크 낭만 고양이
서울은 너무 무덥고 코로나19 로
세상이 뒤죽박죽이다

높고 푸른하늘과 하얀파도가
출렁이는 나는 바다로 떠날거야

맛나고 싱싱한 물고기들이
떼지어 다니는 푸른바다로 갈거야

서울은 너무 무덥고 답답해라
액자 속의 바다라도 나는 좋아라

나는 푸른바다를 꿈꾸는
낭만고양이!

천국의 문

석모도 해명온천은
78°의 뜨겁고 뜨거운 바닷물.
좌악~펼쳐진 푸른 논의 한가운데
뜨거운 바닷물이 콸콸콸...

햇볕이 쨍쨍쨍 내리쬐는 날
장대비가 주룩주룩 내리는 날
눈이 펑펑펑 내리는 날!
기분이 울적한 날
온몸이 쑤시는 날
어디든 아픈 사람들은
건강한 사람들 모두가
한번 가면 푸욱 빠져서
꼬옥 또 가야만 하는 곳!
가면 갈수록 빠져드는 곳
결국엔 지상천국이 여기로구나
느끼는 순간!

강화석모도 해명온천 메니아!
천국 티켓 따논 당상!
천국입문을...
축하드립니다!

그리움주 한잔

비가 오시면 애마를 타고
비를 쫓아서 끝없는 질주를 한다
무채색 배경이 차창밖으로
휙휙 지나가며
눈물을 흘려도 달린다

빗방울 보다 더 빠르게...
그래야 차창밖의 세상이
희미해져 비만 보이니까!
미치도록 그리운 비
너 때문에 주님을 마신다
비를 핑게 삼아서...

비가 오면 나는 북한강을 따라
빗속을 달려야 하고
달리다가 선 그곳, 그 자리에서...
적토마가 된 나의 애마

나는 나의 애마의 목을
단칼에 쳐 버렸다

그 날도 비가 내렸고
지금 그 자리에서 우주를 마신다
빗물 반 술 반 눈물콧물 안주 삼아...

그래야만 속이 후련해진다
그리움주 한 잔에...

빗물 한방울만 떨어트려
그리움을 마시듯이 마셔 버리자

한평의 텃밭

한평의 텃밭에
호박 부추 상추 고추 여주를 심고
화분에 토마토 두 그루 심었더니

호박은 호박꽃이 피고
고추나무엔 작은 고추가 주렁주렁
토마토는 한줄로 서서 댕글댕글
여주는 벌써 주먹만하게 열렸다

한평의 텃밭 안엔 생명체들이 가득하다
후배의 텃밭에서 모종해 심은 상추들은
젤 볼품없이 옆으로 구부러지고 휘어져
키만 커진 상추와 잡초가 섞여서
한평의 텃밭이 잡초밭이 되버렸다

바쁘다는 핑계 아닌 핑계로
텃밭은 뒤로한 체...
잠시 서울을 떠나 섬여행 가던 날
후배의 전화 한통

"언니!
검사결과 나왔어 암이네요!
언니 나 어떻하지?"
믿어지지 않는 현실앞에 좌절!

텃밭에 잡초와 상추를 모두 뽑았다
그리곤 깨끗이 씻은 상추와 쌈장으로
상추쌈을 싸서 꼭꼭 씹어먹는다
나쁜 것들을...
모두 아작아작 씹어 먹는다

이제 후배도 한평의 텃밭처럼
아픈 곳은 사라지고 깔끔하게
새살이 돋아날거야

신선한 상추쌈 하나 싸서
입안에 쏘옥 넣고 아작아작
씹어몈으며 기도한다

내 한평의 텃밭에
새 희망을 심는다

가을비가 참 좋다

사그락 사그락 새벽녘에
숨죽여 내리는 가을비

그 가을비가 불러주는 자장가는...
엄마 젖을 먹다가 잠들은 아가처럼

귀를 간지르니 눈은 스르르 감기고
입가엔 미소가 피워난다

나는 날개달린 천사가 되어
밤하늘을 훨훨 날아다니다가...

밤하늘에 반짝이는 별들을 한아름 따서
하늘아래 빛없는 흑인마을에 뿌려주고
코비 세상에도 정화의 별들을 뿌려준다

그러한 잠시, 서서히 밝아오는 여명의 빛
그 빛속으로 빠져드는 나를 품어주는 가을비

사그락 사그락 가을비가 정겹게 자장가를 부르면
엄마품에 안겨 편안히 잠드는 아가가 되니
나를 편안히 잠들게 하는 가을비가 참 좋다

태양을 향하여

행운이란?
준비된 자에게만 오는 것이다!

삼십년을 죽어라
한길만을 걸어오다 보니
행운의 여신이 나에 손을 잡아주었다

그 손을 꽉 잡고 맘껏 날으리
깔아 놓은 멍석 위에서
아티스트가 무언 짓을 못하냐!

무아는 살아 있다는 것을
예술로서 날개를 활짝 펴고

태양을 향하여
높이 높이 더 높이 날아오르리
높이 높이 더 높이 날다가...

설령 태양에 타 죽을지라도
불새 되어 다시 탄생하여
예술가로 또 다시 거듭날 것이다

자 떠나자 동해바다로

스멀스멀 소리없이 들어와
업드려 있는 아그들

지금은 작업중이야
아그들은 나가 있어야 해!

얌전히 있을께요
여기 이대로 멍 멍 멍

그래! 그래!
그럼 꼼짝하지마!

우리 같이 떠나자 동해바다로
가을바람을 따라 꿈사냥을 떠나자

하얀 파도가 너울너울 춤출 때
빨간 혀를 바닷물에 담그고 숨어 있다가

여기 있지! 쑤우욱 솟아오르는
장난꾸러기 태양이 숨어 있는 바다

붉은 태양이 푸른 품안에 쉬었다가는
그곳으로 꿈을 찾아 떠나자

바다가 턴하는 이유?

바다가 육지에 다다르면
턴하여 바다로 다시 돌아가듯이...

바다와 육지의 서로가 넘어서는 안될
서로를 존중해주는 마지노선이 있다

연어가 강물을 거슬러 올라가 태어난 곳으로
다시 돌아와 알을 낳고 죽어가듯이...

우리들의 삶도 그렇게 자연으로 돌아간다
죽음이 두려운 것이 아니라...
어떻게 죽어갈 것인가? 그것이 문제로다

연미씨를 보내며...

늘! 남현씨하고 부르던 연미씨~
아직도 그 목소리가 귓가에 생생하건만
연미씨 연미씨 왜 대답이 없는거야!
믿어지지 않는 부고소식에 가슴이 먹먹해지고...
몇년을 암과 싸우면서도 늘 해바라기 꽃처럼
웃어주며 씩씩했는데...
언젠가 연미씨가 했던 얘기가 생각나
"이젠 이 세상 죽어도 미련이 없다던..."
다만 딸아이에게 미안할 뿐이라던 연미씨!

늘 연미씨의 곁엔
연미씨 딸아이와 연순씨가 있었기에...
꿋꿋하게 잘 견뎌준다고 생각했는데...
병원에 투병생활한다는 소식은 들었어도
늘 그랬듯이 잘 견뎌주리라 믿었건만...
끝내 부모님곁으로 간 연미씨...
그래! 연미씨 어쩜 고통스런 이승보다
부모님이 계신 꽃길뿐인 그곳에서
편안하고 행복하게 살기를...
우리 모두 두손 모아 간절히 기도할거야!
연미씨! 사랑해요.

바다의 턴

육지의 끝자락에서 턴하는 바다처럼
내 인생의 새로운 삶을 위한 턴!

파도가 아무리 그선을 넘으려 애써도
바다는 끄떡하지 않는다

인간들이 그 선을 자꾸 넘나들뿐…
쓰나미는 성난 바다의 모습이다

그것은 부모가 자식이 잘못하면
때려서라도 훈계를 하듯이,
바다도 그랬다

바다와 육지 사이 사람들…
바다와 육지가 우리에게 주는 삶!

그 선에서부터 시작이다
그 선을 넘어선 안되는 이유다

바다가 육지의 끝지락에서 턴하는 이유?
존경 믿음 사랑의 그 선이 생명선!

그 선에서 바다가 턴하듯이…
내 인생을 턴 한다

무아의 turn 턴

조남현 첫번째 시집

인　　　쇄	2021년 09월 28일
초 판 발 행	2021년 09월 28일
지 은 이	조남현
펴 낸 곳	도서출판 보림에스앤피
펴 낸 이	채연화
출 판 등 록	제 301-2009-116호
주　　　소	(우)04624 서울 중구 퇴계로 238 (충무로5가)
전　　　화	02-2263-4934〜5
팩　　　스	02-2276-1641
전 자 우 편	wonil4934@hanmail.net
디자인•제작	(주)보림에스앤피
정　　　가	10,000원
I S B N	978-89-98252-52-6(03800)

＊잘못된 책은 구입한 곳에서 교환하여 드립니다.